pen
dafad

Iawn Boi? ;-)

CARYL LEWIS

MENU

Y Lolfa

Hoffai'r Lolfa ddiolch i:
Mererid Michael, Ysgol Penweddig,
Karina Perry, Ysgol Caeraenion,
Dafydd Roberts, Ysgol Dyffryn Ogwen,
Steven Mason, Ysgol Uwchradd Llanfair ym Muallt
ac Elizabeth John, Ysgol y Preseli

Argraffiad cyntaf: 2003
Ⓟ Awdurdod Cymwysterau, Cwricwlwm ac Asesu Cymru, 2003

Golygyddion Pen Dafad: Alun Jones a Nia Royles
Cynllun a llun clawr: Ceri Jones

Comisiynwyd y gyfrol gyda chymorth ariannol Awdurdod Cymwysterau,
Cwricwlwm ac Asesu Cymru

ISBN: 0 86243 699 0

Cyhoeddwyd ac argraffwyd yng Nghymru gan:
Y Lolfa Cyf., Talybont, Ceredigion SY24 5AP
e-bost ylolfa@ylolfa.com
gwefan www.ylolfa.com
ffôn +44 (0)1970 832 304
ffacs 832 782
isdn 832 813

Pennod 1

Bib-bip.

O MEI GOD <:-O

Ateb nôl.

E? T IWN BOI?

Bib-bip.

DWIN MND I LEFEN :'-(

Ateb eto.

E?

Bib-bip.

DWIN MND I DRIGO

Hmm. Penderfynu ffonio, cyn i'r cwmni ffôn-lôns wneud ffortiwn allan o negeseuon tecsts rhyngdda i a Mer. Ffôn yn canu.

"O-mei-god. Chredi di byth be sy wedi digwydd i fi. Ma gyment o gas da fi, sa i'n galler credu'r peth."

Rodd Mer yn medru gwneud drama allan o greisis. Dyna pam odd pawb yn ei galw hi'n 'stretsh'. Rodd hi'n ymestyn popeth, o seis ei phen-ôl i faint o farciau gâi hi mewn arholiade.

"Be sy?"

"Dim ond trio perswadio FE, ti'n gwbod. Gneud iddo fe feddwl ein bod ni fel *kindred spirits* fel maen nhw'n gweud. Ond neith e byth edrych arna i 'to. Dim bo fe'n edrych arna i nawr eniwe, ond… "

"Pwy uffach wyt ti'n siarad amdano, achan? Dwyt ti'n gneud dim synnwyr o gwbwl."

"RHODRI, achan. Hot Rod; secs on legs; tin fel dwy daten mewn bag Cwic-Sêf."

"Ie, ie wrth gwrs mod i'n 'i nabod e."

"Wel, ti'n gwbod. Wedest ti bod e'n mynd mas i redeg bob nos i gadw'n ffit?"

"Ie… "

"Wel, es i mas heno 'fyd."

"Est ti mas i redeg? Y peth mwya egnïol rwyt ti'n neud fel arfer yw newid sianel y teli da remôt contrôl."

"O, ca dy lap nei di! Dw i'n cal creisis fan hyn."

"Ie… "

"Wel, fe wisges i dracsiwt newydd, yn do fe. Feri *now*. Un wen yw hi, ac ron i'n meddwl mod i'n edrych 'bach fel J Lo a gweud y gwir."

"Drycha! Ody hyn yn mynd i hala lot yn hirach? Achos os yw e, man a man i fi neud paned."

"Wel, es i mas, a fel ti'n gwbod, dw i newydd liwio ngwallt i yn goch, goch."

"Ie… "

"Wel, dechreuodd hi fwrw."

"O."

"A rhedodd y fflipin lliw lawr dros y cwbwl. Pan ddes i rownd y gornel i gwrdd â Rhods ron i'n edrych fel ecstra i *Scream II.*"

"O mei god! Be wedodd e?"

"Ar ôl bennu sgrechen, gofynnodd e ble ron i'n gwaedu a rhedes i bant."

Rodd hi'n dipyn o dasg peidio â chwerthin a dyma fi'n cnoi fy llawes gymaint ag y gallen i. Rodd Mererid, fy ffrind gore, mewn cariad â Rhodri, ffrind gore arall, a rhyw ffordd neu gilydd, rodd Mer yn llwyddo i neud rial ploncyr ohoni'i hunan bob tro y bydde hi o fewn canllath iddo fe. Mwya i gyd rodd hi'n trio'i berswadio fe mai hi odd ei 'Miss Reit', dyna pryd rodd hi bob tro'n gneud rhywbeth yn 'rong'.

"Paid â wherthin, y bitsh. Jest achos bod ti'n jelys."

"Wna i ddim. Jest meddwl am 'i wyneb e ron i."

"Ca dy lap. Dw i'n dy gasáu di." A dyna hi'n rhoi'r ffôn i lawr.

Un tro, cynigiodd Rhods ein dreifio ni i'r ysgol, ac rodd Mer wrth gwrs wrth ei bodd yn cael lifft gan rywun o'r chweched a ninne ond ym Mlwyddyn 11. Rodd hi wedi mynd mor ecseited, neidiodd hi i mewn i'r car mewn pâr o slipyrs pinc fflyffi a chorn fflêcs dros ei gên i gyd. Dro arall, dath hi i'r sinema da ni mewn dyngarîs odd mewn ffasiwn ar y pryd. Methodd hi agor y botyme pan aeth hi i'r tŷ bach gan eu bod nhw mor dynn. Ar ôl yfed sawl drinc da Rhods a fi, treuliodd hi'r noson mewn poen aruthrol. Gallwn i ddychmygu beth fydde Rhods yn feddwl o'r bennod fach ddiweddara ma. Rodd e'n credu ei bod hi un dafell yn fyr o dorth yn barod, a bydde hyn yn cadarnhau ei ofne.

Bib-bip. Neges tecst.

HI CATS. NWYDD WLD MER – FFNIA HI – CROU BO HI DI COLLI'R PLOT.

Pennod 2

"Catrin!" Llais o waelod y stâr.

"Ie?"

"Dere i gal swper, Miss Pws, cyn bod dy frawd a dy fam wedi bennu godro."

Mam-gu, yn gweiddi nerth ei phen o waelod y stâr. Rodd hi'n fyddar fel postyn ac yn anghofio bod pawb arall yn gallu clywed yn iawn. Rodd hi'n medru cyrraedd foliwm na fyddech chi'n galler credu odd yn bosib i rywun mor fach. Rodd hi'n troi'r teli lan hyd y bôn hefyd, ac ron i'n falch uffernol ein bod ni'n byw ar ffarm ynghanol unman, jest rownd y gornel i dwll tin y byd.

"Dere, lodes!"

Rodd y cryno-ddisgiau ar bwys 'y ngwely i'n crynu oherwydd y sŵn.

"Ocê. Dwi'n dod!" gwaeddais yn ôl.

"E? Be ti'n frowlan ambwti, lodes?"

Rodd rhaid mynd lawr stâr cyn cael synnwyr. Pan gyrhaeddes y gegin, rodd hi'n eistedd wrth y ford a'i sgidie yn ei chôl.

"Be chi neud, Mam-gu?"

"Ma'r sgidie ma'n rhy fowr i fi. Meddwl ron i y gallen i roi rhein mewn ynddyn nhw fel gwadne bach ecstra."

Ar y gair dyma hi'n agor dwy *sanitary pad* a'u gwthio nhw i berfeddion y sgidie. Ar ôl iddi orffen dyma hi'n eu rhoi am 'i thrad a cherdded am ychydig ar hyd y leino.

"'Na fe, gwd thing 'fyd. *Non-slip!*"

Rodd y perfformiade hyn wedi dod yn bethe hen gyfarwydd ers iddi symud i mewn aton ni. Rodd Mam yn meddwl y dyle hi ddod i fyw aton ni achos 'i bod hi'n blino weithie ac yn anghofio pethe. Rodd hi'n eitha unig hefyd ar ôl iddi golli Dat-cu. Pethe arferol erbyn hyn odd rhoi'r siwgr yn y ffrij, siarad â'r planhigion a dweud 'diolch' wrth y teledu ar ôl iddi ei droi i ffwrdd. Ron i 'fyd, am ryw reswm, wedi dechre diolch i'r cyfrifiadur. Dyma fi'n eistedd.

"Byt nawr te, groten. Daw bola'n gefen, a ma arholiade da ti cyn hir. Bydd isie egni arnat ti. Sdim isie mynd fel y pethe main ma ar y teli. Ych-a-fi, ma isie gwd ffîd ar ambell un ohonyn nhw 'fyd. Maen nhw'n mynd ambwytu'r lle fel llyngyr hollt. Pen-ôl fel tas wair yn well o lawer."

Rodd Mam-gu wedi dod yn gelfydd ar rofio chwe milltir sgwâr o bwdin reis lawr fy lôn goch bob nos erbyn hyn. Dodd dim pwrpas dadle, ne bydde hi'n ychwanegu llwyed arall at y bowlen. Cododd clicied y drws a dyma Jess yr ast yn rhoi'i thrwyn rownd cornel y drws.

"Cer mas y ci!" gwaeddodd Mam-gu arni gan daflu slops i mewn i hen sosban ar y llawr. Daeth Mam i mewn gan bwyso yn erbyn ffrâm y drws er mwyn sadio ei hun i dynnu'i welingtyns. Rodd hi'n edrych yn flinedig. Ar ei hôl, mewn oferôls glas, dath Gareth – yn drewi o'r parlwr godro. Rodd Mam-gu'n siarad yn dawel â hi'i hunan unwaith eto wrth olchi ffreipan.

"Weles i ddim byd tebyg. Naddo fi. Glywsoch chi eriod shwt beth? Condoms yn cal 'u gwerthu yn Cwic-Sêf. Ych-a-fi! Pethe dan y cownter odd rheini flynydde nôl. I ble ma'r byd ma'n mynd, gwedwch?"

Edrychodd Gareth arna i a dechre chwerthin. Rhoddodd Mam wên fach flinedig i fi. Sylweddoles yn sydyn nad on i wedi'i gweld hi'n gwenu'n iawn ers misoedd.

"Pryd ma dy arholiade di'n dechre, te?"

Rodd hi'n sioc i fi bod Mam wedi cofio bod rhai i gal da fi o gwbwl.

"Mewn mis a hanner."

"O. Wyt ti'n barod, te?"

"Dim 'to, ond dw i wedi dechre edrych ar bethe."

Rodd Mam wedi bod yn rhy brysur yn ddiweddar i siarad llawer heblaw am ofyn beth ron i'n feddwl neud. Ers i Dat ein gadel ni, rodd hi wedi mynd ati i

11

brofi ei bod hi'n medru edrych ar ôl y ffarm a'r anifeilied ei hunan, gyda help Gareth.

"Cofia di neud yn dda nawr te, calon, a studio'n galed," medde Mam-gu. "Ches i ddim cyfle, cofia. Fe gwrddes i â dy Dat-cu ar y ffarm lle ron i'n gweitho'n bymtheg oed. Cofia weitho i ti gal mynd bant rhywle, lle bod ti'n dal yma dan y badell."

"Ie, cer, i fi gal mwy o bwdin reis," ychwanegodd Gareth.

"Reit, dwi'n mynd i olchi ngwallt nawr," medde Mam-gu gan sychu'i dwylo. "Ma Lowri'n dod heibo heno i fi gal *set* bach. Dw i'n mynd i weld Ifan fory. Rodd e wastad yn gweud pa mor smart on i ar ôl neud fy ngwallt."

Rodd hi'n cerdded i roi blode ar fedd Dat-cu bob wythnos yn ddi-ffael.

"Weles i fam Rhodri yn y dre heddi 'fyd," wedodd Mam. "Bydd hi'n od hebddo fe."

"Be ti'n meddwl, hebddo fe?"

"Mynd i'r coleg, on'd yw e? Lle ma fe'n mynd? Luton, ife?"

Neidiodd rhywbeth yn fy mola i. Rodd Rhods a fi wedi bod yn ffrindie ers pan oedden ni'n fach, fach ac yn chware Dalecs mewn gwisgoedd wedi'u gwneud o sache 20:10:10. Er ei fod yn hŷn na fi, rodd pethe'n gweithio'n dda rhyngon ni. Rodd Mam yn gweud bod hynny oherwydd mod i'n henedd a'i fod e'n fabïedd. Rhyw ffordd roedden ni'n dau'n cwrdd yn y canol.

"'Na fe," medde Mam gan godi ar ei thraed. "Ma pethe'n newid."

Pennod 3

Canodd corn tu allan. Rhodri oedd yno yn ei Nova, neu'r *passion wagon* fel rodd e yn yr habit o'i galw.

"Byddwch yn ofalus."

Rodd Mam yn credu y byddwn i'n cael rhyw ddamwain erchyll bob tro y byddwn i'n mynd ochor draw i'r stand lath.

"Cofia fod nôl erbyn hanner wedi hanner!"

Rodd gìg yn y clwb chwaraeon ac rodd pawb yn mynd, gan gynnwys fi, Rhods a Mer. Ron i wedi gneud ymdrech arbennig heno, ac rodd Mer a finne wedi cyfnewid o leia 30 o negeseuon tecst. Rodd hi'n gweld heno fel cyfle arbennig i sicrhau bod Rhodri'n cwympo mewn cariad gwyllt gyda hi, ac wedi penderfynu gwisgo top gwyn tyn a'r sgert fyrra weles i eriod. Ath Rhodri a fi am y dre tra bod 'Dr DRE' yn chwarae ar y stereo.

"Dyle heno fod yn nosweth dda," medde fi.

"Pam 'ny?"

"Sai'n gwbod, teimlad ym mêr fy esgyrn."

"Be odd yn bod ar Mer heno, te? Tecstiodd hi fi wyth gwaith i ofyn pryd ron i'n galw amdani."

"Ti'n gwbod fel ma hi, mewn trwy un glust a mas trwy'r llall."

"Ma hi'n neud i fi wherthin."

Roedd y wên ar ei wyneb wrth siarad amdani'n awgrymu ei bod hi'n gneud mwy iddo fe na gwneud iddo fe wherthin.

"Pryd ti'n mynd i'r coleg, te?" gofynnes gan geisio newid y testun ac wedyn difaru.

"Mis Medi. Ti'n mynd i fod yn unig hebdda i?"

"Cer o ma'r clust! Pwy wyt ti'n meddwl wyt ti, gwed?"

"O wel, *the course of true love...* a hynna i gyd... "

Teimlais fy hun yn cochi – damo. Rodd popeth mor gymhleth.

"Eniwe, byddi di wedi hen flino arna i erbyn diwedd yr haf a byddi di'n falch cal gwared arna i pan fydda i'n mynd i'r coleg."

Rhyw ffordd ron i'n sicr na fydde hynny byth yn digwydd. Bob tro y byddwn yn meddwl am fis Medi rodd rhyw ddiflastod yn cripian trwydda i.

"Eniwe, *fancy pants*, ma da ni heno i fwynhau gynta."

"Oes," atebes, gan wenu'n hapus.

Ar ôl codi Mer, aethon ni i'r clwb. Rodd pobol y tu

allan yn snogio'n barod. Cochais eto. Rodd Mer yn gwisgo llai o ddefnydd na hances boced, ac rodd rhyw syniad gen i ei bod hi wedi bod yn yfed seidir wrth aros amdanon ni. Rodd ei llyged yn perlio ac rodd hi'n sticio at Rhods fel prit-stic. Rodd y lle'n pacd gyda llond lle o fois pêl-droed, y rhan fwya ohonyn nhw'n fêts i Rhodri, a chrowd o ffermwyr ifanc lleol. Aethon ni at y bar i ganol mêts Rhodri. Rodd Huw 'no, rêl ploncyr yn meddwl llawer gormod ohono'i hunan fel arfer.

"Be ti moyn i'w yfed?" Dath y cwestiwn fel tipyn bach o sioc.

"O... ym... potel o rywbeth, plîs."

Don i ddim isie edrych fel ploncyr o fla'n mêts Rhodri i gyd. Cymerodd Mer beint. Gweles i rai o'r bois yn gwneud siapse tu ôl i'w chefen hi o achos hyd 'i sgert.

"Dere da fi, Mer. Ewn ni i iste fyn'co."

"Gwell da fi aros fan hyn, diolch," medde hithe gan daflu llygaid mawrion tuag at Rhods.

"Dere da fi i iste." Cydies yn ei phenelin a mynd â hi bant gan adael i'r merched eraill gasglu o gwmpas Rhods.

"Wyt ti'n meddwl 'i fod e'n lico be dw i'n wisgo, de? Wyt ti ddim yn meddwl mod i 'bach *over the top*?"

"Na, jest gwylia rhag ofn i rywun fynd *under your top*, ontefe?"

"O, ha ha," medde hi, heb werthfawrogi'r jôc.

Dath rhai o'r bechgyn hyna draw a dechre siarad. Rodden nhw'n laff, ond fe ddechreuodd y diodydd ddod braidd yn rhy amal, yn enwedig i Mer a odd wedi cael tipyn o hed-start. Rodd Mer, wrth yfed, byth a hefyd yn ceisio tynnu'i sgert lawr dros y manne angenrheidiol.

"Ddoi di i ddanso, Mer?"

Rodd y gerddoriaeth yn ofnadwy. Hen foi, rhyw 60 oed, yn gwisgo gwasgod leder a tsiaen aur am ei wddf, odd wrthi'n chware CDs. Rodd Mer yn sigledig braidd, ac yn sydyn dyma'r DJ yn cael pwl o greadigrwydd a throi gole UV ymlaen. Edryches i ar Mer, ac ron i'n gallu gweld yn syth trwy'i thop hi. Rodd popeth yn dangos. Edrychodd hithe i lawr cyn sgrechen a deifio am y toilede. Roedd pawb o gwmpas, wrth gwrs, yn lladd eu hunain yn chwerthin am ei phen. Rhedes ar ei hôl hi a chynnig fy siaced iddi, ond cymerodd dri chwarter awr i fi ei pherswadio hi i ddod mas ac eistedd lawr. Daethon ni drwyn yn drwyn â Huw wrth y bar.

"Olreit, Mer?" gofynnodd yn ei ffordd ych-a-fi.

"Odyn, ni'n iawn diolch. Cer mas o'r ffordd wnei di?"

"Pwy ofynnodd i ti de? Pwy wyt ti, 'i mam hi?"

"Jest gad hi, wnei di?"

Dyma fe'n cydio am ei chanol hi a hithe'n trio'i

wthio fe bant.

"Be sy mlan ma, Huw?" Llais Rhodri o'r tu ôl iddo fe.

"Gad e fod, Rhods. Dyw e ddim yn werth y trwbwl."

"WWW! Co fe'r boi mowr," ychwanegodd Huw. "Weles i ti'n cerdded mewn gynne fach. Meddwl bod ti'n tipyn o foi? Ond 'na fe, weden fod rhywbeth bach o'i le arnat ti'n hongian wrth y merched ma o hyd."

"Wel, sa i'n gorfod meddwi menywod er mwyn cal 'u cwmni nhw, fel rhai bois."

Gyda hyn, dyma Huw yn taro pen Rhodri â'i ben ei hun nes fod Rhods ar ei hyd ar y llawr a gwaed yn pistyllo o'i drwyn. Rodd y miwsig wedi tawelu a phawb yn edrych arnon ni.

"Rhods! Rhods! Ti'n iawn?"

Dath rhyw foi draw aton ni ac fe daflodd e Huw mas.

"Dere, Rhods. Dere, achan."

Cododd ar ei drad a finne'n mopio'r gwad o'i drwyn gyda rhyw glwtyn ddaeth y bar-mêd i fi. Rodd y miwsig wedi ailddechre a phawb nôl yn dawnsio'n barod.

"Wyt ti'n iawn i ddreifio?"

"Odw. Cer i nôl Mer, nei di, i ni gal mynd." Rodd honno'n straffaglio'n anwadal y tu ôl i ni. Rodd hi hefyd, wrth gwrs, yn sgrechian llefen.

"O dw i mor sori, sori, sori. 'Y mai i odd e. Dw i mor sori!"

"Ca dy ben, nei di? Galle unrhyw un feddwl taw ti sy wedi cal y dolur."

Gwthies hi i gefn y Nova a thynnu'r sedd yn ôl cyn eistedd i lawr fy hun.

"Fi mor sori, Rhods. Sori."

"Anghofia fe am nawr, nei di?" Rodd balchder Rhods wedi cael cnoc, yn ogystal â'i drwyn.

"Dw i'n sori... sori... " a dyma hi'n aros ynghanol brawddeg ac yn chwydu dros y sedd gefn i gyd.

Edryches inne ar Rhods ac edrychodd e arna i.

"Gret!" meddai.

Rodd Mer yn cysgu'n braf wrth i Rhodri ddreifio i lawr y lôn i'n tŷ ni gyda'r ffenestri i gyd ar agor. Ffarwelies ag e. Yng ngolau'r lleuad rodd pobman a phopeth yn lliw arian hyfryd.

Rodd rhywun wedi aros ar lawr amdana i. Agores ddrws y gegin gan ddisgwyl llond pen am fod yn hwyr. Cododd Mam ei phen. Rodd hi'n dala llaw Mam-gu. Gwnath arwydd arna i fynd i'r gwely heb weud dim. Rodd Mam-gu'n wylo. Oedes y tu ôl i'r drws gan glustfeinio ar y mwmial tawel yr ochr arall. Ron i'n methu clywed llawer, ond dealles bod Capel Seilo ar werth a'i fod yn mynd i gael ei droi'n dŷ.

Pennod 4

Bib-bip.

SORI – MER

Bore dydd Sul a finne wedi blino'n rhacs a mhen i'n troi.

Tecstio nôl.

IWN

Bib-bip.

V DDIM

Tecstio nôl.

PAM?

Bib-bip.

SIC

Codes gan feddwl mynd am wâc er mwyn cael esgus i beidio ag edrych ar yr adolygu rodd gen i'w wneud. Agores y llenni. Rodd hi'n fore braf a'r peiriant godro'n mwmial yn dawel fel ryw hen ddyn hapus ar ochr y clos. O'm stafell i, ron i'n galler gweld y rhesi o dda yn aros eu tro i fynd i mewn i'w godro. Rodd 'na reole pendant ynglŷn â phwy oedd yn cael mynd yn gynta, rhyw hierarci. Rodd rhai'n ymgynnull yr ochr arall i'r sièd ar ôl cael eu godro ac yn edrych yn awchus allan am y caeau. Rodd Jess yr ast yn eu gwylio nhw. Ma'n siŵr nad oedd arnyn nhw ei hofn hi, achos dodd dim dant yn ei phen a'r unig beth y galle hi fwyta y diwrnode ma odd *Ready Brek.*

Clywes i Mam-gu lawr stâr a meddylies am neithiwr. Es i'r gegin. Rodd hi wrth y sinc yn ei gŵn nos yn golchi llestri brecwast Gareth, a golwg flinedig arni. Rodd 'na wy wedi'i ferwi yn barod i fi ar y bwrdd, ond dim wyneb wedi'i beintio arno fe. Fel arfer bydde Mam-gu'n defnyddio ffelt-tip ac yn gwneud llun wyneb ar yr wy – rhywbeth rodd hi wedi'i wneud eriod ers pan on i'n fach, fach – ond rhyw ffordd dodd gen i ddim calon i ddweud wrthi am beidio nawr mod i'n bymtheg. Rodd o'n embaras gwyllt i fi pan fydde ffrindie'n dod i aros. Ond heddiw rodd pen moel yr wy yn eistedd yn swta yn ei gwpan yn fy nigalonni.

"Chi'n ffansïo dod am wâc da fi, Mam-gu?"

Dim ateb.

"Sdim llawer o whant bwyd arna i heddi."

Dim ateb.

"Fe allen ni gerdded lan am y pentre os ych chi'n moyn."

"Bydde hynna'n fendigedig, lodes."

Cychwynnodd hi am y drws ar unwaith.

"Mam-gu… "

Trodd yn ei hôl.

"Ie?"

"Gwell ichi newid, siŵr o fod."

"Beth?"

"Gwell i chi wisgo rhywbeth heblaw eich gŵn nos."

Edrychodd i lawr ar ei chorff.

"O!"

Estynnodd het oddi ar y seidbord ac allan â hi drwy'r drws yn ei gŵn nos. Cydies inne mewn cot iddi a'i dilyn. Rodd hi'n gynnes allan beth bynnag. Cerddodd hi tua hanner canllath o mlaen i yr holl ffordd heb oedi i enwi'r blode ar y ffordd, fel y bydde hi'n gwneud bob tro. Fel arfer, byddwn i wedi bod yn falch o ga'l osgoi hynny am unwaith, ond rhyw ffordd, dim heddiw. Rodd 'na awel ysgafn yn gwneud i'r borfa yn y caeau seilej symud yn yr awel fel tonne. Rodd gen i syniad lle rodd hi am fynd. Cyrhaeddon ni'r capel, a, diolch byth, dodd 'na neb arall yno. Rodd y cyrdde wedi dod i ben ers rhyw chwe mis, ond rodd 'na rai'n dod yno o hyd i osod blode. Bydden nhw wedi cael sioc o weld hen fenyw yn ei gŵn nos a finne'n rhedeg ar ei hôl hi.

"Mam-gu, arhoswch i fi, newch chi?"

"Dere mlan, te. Paid â llusgo dy drad nôl fanna. Rwyt ti'n hen gyfarwydd â thowlu dy din fel arfer."

Gwenes arni a gwenodd hithe'n ôl. Agorodd y giât

a brasgamu dros y cerrig anwastad. Ron i'n siŵr eu bod nhw'n gosod cerrig o'r fath er mwyn i bobl gael torri'u coese arnyn nhw. Sefodd hi'n stond.

"Dwi'n nabod sawl un fan hyn, cofia."

Dilynes hi i'r man arferol. Rodd y beddi'n hen a nifer ohonyn nhw wedi suddo i mewn i'r ddaear fel dannedd hen ddyn yn malu'n ara. Rodd y borfa hefyd yn lladd popeth. Dilynes hi at fedd Dat-cu. Rodd honno'n lân ac yn sgleinio, a'r borfa o'i chwmpas wedi'i dorri'n deidi.

"Dw i'n edrych ar ôl hon, ti'n gweld. Dodd Ifan ddim yn lico bod pethe'n ddyran. Sdim arian o'r casgliad bellach er mwyn cael rhywun i edrych ar ôl y lle ma, felly dw i'n neud y gwaith fy hun."

Aeth ati i dwtio ymhellach tra mod i'n edrych o gwmpas. Rodd y fynwent yn hela ofon arna i, gyda'r hen flode marmor o dan dôm ar ôl dôm yn gwthio'u bochau yn erbyn y gwydr. Ymhen hanner awr dyma hi'n penderfynu troi am adre. Cydgerddon ni tuag at y giât a hithe'n cyflwyno'r bobl i fi fel tase hi'n cyflwyno rhesi o bobl yn y sinema. Rodd rhai o'r enwe'n ddierth, ond rodd enwe'r ffermydd yn gyfarwydd oherwydd glasenwe rhai ffrindie yn yr ysgol. Wrth i ni gyrraedd y giât, dyma fan wen yn troi i mewn. Disgwylion ni wrth ddrws y capel oherwydd rodd Mam-gu yn hoff o fusnesa ac rodd hi'n cael sawl clonc yn y fan hyn wrth fynd yn ôl ac ymlaen ar ddydd Sul.

Rodd 'na sedd wrth ddrws y capel o'r enw 'sedd y glonc'. Daeth dau ddyn drwy'r giât a cherdded tu ôl i'r clawdd allanol. Edryches ar Mam-gu. Dau ddyn mewn siwtie oedden nhw, ac arwyddion 'Ar Werth' o dan eu ceseilie.

"Esgusodwch fi," medde un ohonyn nhw gan wthio heibio.

Wrth i ni gerdded tuag adre, rodd sŵn y dynion yn hoelio'r arwydd yn ei le yn atseino i lawr y lôn. Trodd wyneb Mam-gu yn galed. "Ych-a-fi, ar ddydd Sul a chwbwl," medde hi'n ddistaw.

Pennod 5

"Oi, nob-hed! Dere. Fi sy'n mynd â ti i'r ysgol heddi."

Edrych ar y cloc. Ych! Saith o'r gloch y bore. Rodd Gareth yn hoff o weiddi nerth ei ben ar ôl iddo fe ddod mewn ar ôl bod yn godro. Os odd e'n gorfod bod ar ddihun, rodd e'n teimlo y dyle pawb arall fod ar ddihun 'fyd. Wrth agor y llenni dyma fi'n pwyso dros y ddesg a thrio peidio ag edrych ar y siart adolygu ron i wedi'i lunio a'i roi ar y wal mewn rhyw bwl o geisio bod yn effeithiol. Ar bwys y daflen rodd 'na lun ohona i a Rhods mewn gwisg ffansi mewn rhyw barti yn rhywle. Edryches arno am funed.

"Dere mlan, te! Siapa dy stwmps, nei di? Ma gwaith da rhai ohonon ni i'w neud heblaw am dy garto di rownd fel tacsi."

Es at y car heb frecwast, gan adel Mam a Mam-gu yn sibrwd yn dawel yn y gegin.

"Diwrnod llawn heddi, te?"

Gareth yn trio bod yn 'frawd mawr' ac yn ffaelu fel arfer.

"Mmmm."

"Odyn ni'n codi Mer?"

"Odyn."

"Mam-gu yn ypsét on'd yw hi?"

"Be ti'n ddisgwyl?"

"Od, on'd yw e?"

"Be?"

"Wel, bydd teulu'n byw yn y capel cyn bo hir, a falle bydd eu plant yn mynd mas i chware yn y fynwent. *Dead good fun*, ontefe?"

Dechreuodd chwerthin ar ben ei jôc ei hunan.

"O, ca dy ben, nei di!"

"Pryd ma'r arholiade, te?"

"Sa i'n moyn meddwl amdanyn nhw."

"Be ti'n mynd i neud wedyn, te?"

"Lefel A, ontefe."

"Wel, dihuna lan a meddylia ambwytu'r peth. Cer o'r twll ma os galli di. Cer bant i'r coleg rhywle a joia."

Troion ni i lawr lôn cartre Mer. Rodd y cŵn yn cyfarth, a Mer yn aros ar stepen y drws a'i mam yn trio gwthio pecyn o frechdane i mewn i'w bag ysgol. Neidiodd hi i mewn i'r cefen.

"Ti'n iawn, Mer?" gofynnodd Gareth.

"*Aye*, ddim yn ddrwg."

"Gwd penwythnos?"

"Do diolch."

"Es ti mas?"

"Drycha! Wyt ti'n cymryd y *piss* neu be? Achos os wyt ti fe gei di fys yn dy lygad, ocê?"

"Be?" medde Gareth yn llyged mawr i gyd. Don i heb sôn gair am nos Sadwrn wrth y pŵr-dab.

"Jest ca hi."

"Dim ond gofyn on i. Sdim gwallt coch da ti am ddim byd, o's e?"

Crychodd Mer ei llygaid i mewn i'r drych er mwyn i Gareth gael ei gweld. Gollyngodd e ni wrth y giât.

"Dere, ni'n hwyr. Diolch Gar," meddwn i wrth gau'r drws.

Cilwenodd Mer arno wrth iddo yrru i ffwrdd.

"Haia, Mer. Neis dy weld ti gyda ni 'to."

Huw, pêl-droed.

"Cer i grafu, nei di, 'na gwd boi bach."

"Wwwwwww, handbags," medde hwnnw wrth gerdded i ffwrdd gan chwerthin.

"O god, betia i 'i fod e wedi gweud wrth bawb."

"Paid â becso. Wneith neb call wrando arno fe. Beth bynnag, ma fe'n dwp fel slej. Rodd gormod o glorîn yn *gene pool* hwnna."

Yn y wers arlunio fe ges i'r hanes i gyd.

"God, odd Mam ar gefen ei cheffyl. Rodd hi bron â'n lladd i. Dw i'n credu se Dat heb gwato'r *twelve bore* byddwn i'n ded erbyn hyn."

"O, gad dy seiens wnei di."

"Na, dw i'n gweud y gwir nawr. Rodd hi'n trio lapio mrechdane i mewn map AA bore ma. Hint bach, ontefe?"

Dechreues chwerthin.

"Pam wyt ti'n cymryd y brechdane 'na eniwe? Rwyt ti'n byta cino fan hyn bob dydd."

"Ma hi lico'u gneud nhw on'd yw hi. Ca di dy ben eniwe. Sda ti mo'r gyts i weud wrth dy fam bod ffido'r lloi ddim yn drît bach i ti rhagor."

"O bydd ddistaw!"

"Ie, wel… "

Rodd Mer wrthi'n gosod ei gwaith celf. Rodd hi wedi penderfynu tynnu llunie o'i thylwyth ar gyfer y prosiect. Rodd hi'n dda mewn arlunio 'fyd, a finne fel llo. Rodd y golwg sili arferol odd ar ei hwyneb yn diflannu ac rodd hi'n ymgolli'n llwyr wrth weithio.

"Dw i isie tynnu llun dy fam-gu di hefyd."

"Pam?"

"Wel, achos 'i bod hi'n ddiddorol."

"Diddorol! Wel, 'na un ffordd o'i weud e. Boncyrs yw'r gair arall."

Dechreuodd hi chwerthin.

"Be sy'n bod?"

"Drych ar hwn. Llun o hen fam-gu i fi. God, ni mor debyg."

Edryches arno.

"God, os bydd dy dits di y seis 'na mewn hanner

can mlynedd, bydd rhaid iti eu clymu nhw i mewn da dwy hamoc!"

"O ca hi, wnei di. Beth ti'n neud eniwe?"

"*Still life.*"

Daeth draw ata i edrych.

"Be ti'n feddwl?" gofynnes gan edrych arni.

"Wel, ma fe'n fwy *dead* na *still* on'd yw e?"

"O, cer i grafu!"

"Ges ti un bore ma de?"

"Be?"

"Llythyr."

"Na, ma'n post ni'n dod tua dau yn y prynhawn ac ma fe'n cal ei adel ar dop y lôn ers busnes y clwy."

"O."

"Beth oedd e, te?"

"Gwahoddiad."

"I be?"

"Parti deunaw oed Rhods."

"O."

"Ma un adre i ti, siŵr o fod. Fe ges i syrpreis, a gweud y gwir, ar ôl nos Sadwrn."

"O."

"Ond dw i drosto fe nawr eniwe."

"Wyt ti?" Ron i wedi clywed hyn gant a mil o weithie o'r blaen.

"Dwi'n credu falle mod i wedi cwrdd â rhywun arall."

"Yn lle, rhwng nos Sadwrn a bore Llun?"

Daeth yr olwg ddwl 'na nôl i'w llyged.

"O na! Be wyt ti wedi'i neud?"

"Wel, ti'n gwbod mod i wedi bod yn mynd i'r safle sgwrsio 'na ar y we ambell waith."

"O god! Ma hi 'to. Wyt ti heb roi dy enw di iddo fe neu unrhyw beth fel 'na, wyt ti?"

"Sa i'n hollol dwp, ti'n gwbod."

"Ond... a... "

"Wel, Cymro yw e. Swnio'n rêl pishyn."

"SWNIO'N bishyn! Shwt uffach wyt ti'n galler gweud?"

Edryches o gwmpas gan sylweddoli ein bod ni'n siarad yn uchel.

"*Shut it*, wnei di, Miss Owens?" gwaeddodd Mr Jones, Celf.

"Sori, syr."

Edrychodd Mer arna i a sibrydes: "Galle fe fod yn 76 oed ac yn Hannibal Lecter!"

"Sdim isie bod fel 'na, o's e?"

"Wel, jest paid â chal unrhyw syniade am gwrdd â fe na dim byd. Ocê?"

Canodd y gloch.

"Wna i ddim, siŵr, paid â bod yn sili," medde hithe gan ddechre pacio'i phethe.

Yn sydyn reit, don i ddim yn ei chredu hi o gwbwl.

Pennod 6

Pan gyrhaeddes i adre a thaflu mag ar y llawr, rodd Mam-gu wrthi'n ceisio perswadio'r planhigyn begonia i dyfu. Rodd hi'n gwisgo cot goch heddi a sane duon hir. Rodd hi'n siarad â hi'i hunan ar bwys y sinc.

"Dere mlan, hen un bach. Byddi di'n ddigon mowr cyn bo hir i aller mynd mas tu fas yn y basgedi crog 'na."

Eisteddes wrth y ford gan edrych ar rai o ffurfie'r ferf yn Ffrangeg. Rodd hi'n anodd canolbwyntio a'r fath sgwrs i'w chlywed yn y cefndir.

Rodd lleisie'n agosáu at y drws a rheiny'n gweiddi ar ei gilydd.

"Alla i ddim neud unrhyw beth amdano fe, Gareth. Dw i wedi gweud."

"Ond ma'n hen bryd i ni gal pethe newydd. Bob nos, ar ben popeth, ma hi'n hala awr yn hirach i ni nag y dyle hi."

Dath Mam i mewn a'i hwyneb fel storm. Rodd Gareth yn gwenwyno eto am y parlwr godro. Rodd Dat wedi addo prynu system newydd, ond fe ath e cyn gwneud. Rodd pethe'n gwaethygu wrth i'r peirianne heneiddio a ninne'n cael ein cosbi gan y Bwrdd Llaeth oherwydd nad odd y llath ddim yn cyrraedd safon digon uchel. Eisteddodd y ddau wrth y ford. Rodd Gareth fel *terrier* pan odd 'na rywbeth yn ei boeni.

"Ma rhaid i ni neud rhywbeth, Mam, ne fydd neb isie'r blydi llath ma. Ma'r *cell count* lan hyd yr hilt yn barod."

"Gad hi nawr, wnei di?"

"Ond ryn ni'n gwastraffu orie bob dydd. Gallen i fod yn gneud pethe erill."

Rodd Mam wedi cynhyrfu, ac ron i'n disgwyl y glep gynta o darane. Dodd Gareth byth yn medru gweld y pethe ma'n dod.

"Alla i hala i hôl cylchgrone 'te, ne ffonio i ni gal gweld beth sy ar gael?"

Cododd Mam gan wthio'r bwrdd oddi wrthi.

"Gwranda, nei di. Wyt ti'n dwp neu rywbeth? Allwn ni ddim fforddio neud unrhyw newidiade ar hyn o bryd. Dyw hi jest ddim yn bosib."

Edrychodd Gareth arni fel ci bach wedi cael cic.

"Eirwen, eistedd lawr nawr i gael paned o de. Rhoia i'r tegyl mlan." Rodd Mam-gu yn casáu gweld unrhyw un yn cwmpo mas. "Ych-a-fi, cwmpo mas fan hyn fel rhyw hen bethe comon. Agora i dun o samon nawr i ni gal tamed bach o swper. Bai'r rhacsyn o ddyn 'na yw hyn i gyd. Cerdded bant fel 'na a gadel 'i deulu. Rhacsyn odd e a rhacsyn fydd e. Gobeitho bod y fenyw 'na'n bles gydag e, 'na i gyd alla i weud. Ma oes da'r ddau ohonyn nhw i ddifaru."

Rodd Mam wedi cochi a'r dagre'n cronni. Edryches ar fy llyfre. Rodd 'na sosban yn berwi drosto ar y stof a dŵr yn tasgu ar yr hot-plet. Rodd Gareth yn edrych ar y ford. Don ni fel teulu erioed wedi siarad am Dat gyda'n gilydd o'r blaen. Dodd y pwnc eriod wedi bod yn rhywbeth i siarad amdano'n agored. Dim ond rhyw sibrwd mewn pare, neu Mam yn dod i iste ar ochor 'y ngwely fin nos a siarad am beth oedd yn mynd i ddigwydd. Rodd hyn yn hollol wahanol. Rodd e'n deimlad fel tasen ni i gyd wedi bod yn hela'r pwnc fel hela ryw anifel annelwig ac yna, wedi'i ddal, yn sylwi ein bod ni wedi'i ladd. Ron ni i gyd fel tasen ni'n sefyll o gwmpas corff marw'r pwnc.

"Weles i eriod y fath fusnes. Naddo fi. Menwod yn gorfod gneud gwaith dyn. Ond 'na fe, beth oet ti'n ddisgwyl wrth aros fan hyn? Gallen ni fod wedi gwerthu a symud i ryw dŷ yn rhywle. '*Pride will pinch*' maen nhw'n weud, ontefe?"

Sylwes ar ddwylo Mam. Ron nhw'n crynu. Edryches arni fel taswn i'n ei gweld am y tro cynta. Rodd ei boche hi wedi cochi yn ystod y blynyddoedd diwetha a'i dwylo wedi caledu fel rhai dyn. Rodd 'na linelle tene ar ei chroen, fel map.

"Reit te, 'na ddigon," medde hi. "'Na ddigon ar y pwnc am heno. Fe gewn ni swper ac anghofio'r peth."

Ath hi tuag at y stof ac esgus glanhau. "A pheth arall, Catrin. Ma'n bryd i ti neud chydig bach o waith ar gyfer yr arholiade 'na. O hyn mlan, ma'n rhaid i ti aros miwn, dim mynd i'r dre ar ddydd Sadwrn, na mas yn y nos. Adre gyda dy lyfre fydd dy hanes di o nawr mlan."

"Ond… "

"Dim 'ond' ambwytu hi."

Rodd annhegwch yr holl beth yn gneud i mi deimlo'n sâl, ond ron i'n gwbod bod dim pwynt gweud dim byd a hithe yn yr hwylie hyn. Codes a mynd tuag at y drws.

"Ble ti'n mynd nawr?" gofynnodd yn bigog.

"Lan stâr i gal 'bach o lonydd."

"Iste di lawr fanna. Bydd swper yn barod mewn dwy funed."

Oedes gan feddwl beth i neud. Ar un llaw rodd hi eisie i fi fynd i weithio, ac ar y llaw arall rodd hi eisie i fi eistedd yn y gegin lle rodd llai o awyrgylch nag ar y lleuad. Cydies ym mwlyn y drws a mynd o'r stafell. Ron i'n disgwyl clywed gwaedd wrth i fi ddringo'r stâr, ond dim byd. Gorweddes ar y gwely.

Ffôn yn canu.

Ateb.

"Haia! Fi sy ma. God, dw i mor *bored*, dw i'n mynd i farw. Corff marw ar y llawr a hwnnw'n pydru. Be ti'n neud? Dw i wedi bod yn siarad â'r boi 'na ar y we. Ma fe'n swnio mor gorjys. Dw i'n credu 'i fod e'n rial pishyn. Galla i weud. Ta beth, be ti'n mynd i wisgo i barti Rhods, te? Wyt ti wedi penderfynu 'to?… Cats?"

"Ie?"

"O! Rwyt ti'n dal 'na. Eniwe, dw i newydd gal swper ac ron i'n meddwl gallen ni gal sgwrs fach cyn neud 'bach o adolygu. Be ti'n neud? Pryd galla i ddod draw i weld dy fam-gu di?"

"Sa i'n gwbod."

"Wel, sdim isie bod fel 'na. Cer i ofyn iddi, te."

"Gofynna iddi dy hunan, nei di? Sda ti ddim byd gwell i siarad ambwytu?"

"Pam?"

"Wel, siarad a siarad am bethe stiwpid, a jest Fi, Fi, Fi… "

"*Fine!* Os taw 'na fel ti'n teimlo, wna i byth dy ffonio di 'to."

Rhoiodd hi'r ffôn lawr; seiniai'r llinell yn un dôn ddiflas a finne'n difaru'n syth. Eisteddes gan feddwl beth i neud cyn clywed cnoc fach ysgafn ar y drws. Mam-gu odd yno, yn cario paned o de.

"Nawr te, lodes. Dere i ni gal dy weld ti. Beth yw'r seiens ma i gyd?"

"Dw i'n iawn. Sa i wedi gwneud dim byd. Mam yw'r broblem."

Rhoddodd Mam-gu y cwpan ar y ford wrth y gwely. Rodd 'na ddagre'n llosgi yn fy llyged i. Eisteddodd wrth fy ymyl i. Rodd hi wedi tynnu'r got

goch ac rodd 'na frat tsiec mân, gwyn a brown, amdani dros y siwmper binc. Rodd 'na boced yn y blaen fel rhyw bowtsh cangarŵ. Tynnodd hances allan ohoni.

"Paid â rhoi gormod o fai ar dy fam, cariad. Ma pethe wedi bod yn anodd arni. Ti'n gwbod hynny cystel â finne."

"Odw, ond dyw e ddim yn deg."

"Dw i'n gwbod."

Aeth rhyw don o sicrwydd trwydda i oherwydd bod rhywun arall yn cytuno.

"A nawr dw i wedi cwmpo mas da Mer hefyd."

"Paid â phoeni am 'ny. Bydd Mererid yn iawn. Fel 'na ma hi wedi bod eriod. Ma da fi rywbeth fan hyn i gal gwared ar dy wep di 'fyd. Odd hwn yn y post pnawn ma."

"Beth yw e?"

Rodd 'na amlen fach yn ei dwylo.

"Gwahoddiad i barti Rhodri, dw i'n credu."

"O!"

"Wel, dwyt ti ddim yn falch, te?"

"Ga i ddim mynd nawr, beth bynnag. Ma fe mewn pythefnos. Fydd yr arholiade ddim hyd yn oed wedi dechre bryd 'ny."

"Paid â phoeni am bethe bach fel 'na. Gad ti dy fam i fi." Gwenodd cyn cerdded am y drws. "Reit! Ma begonia arall da fi i'w daclo. Nawr cer i gysgu," a gwnes i fel rodd hi'n gweud.

Pennod 7

Bore dydd Sadwrn a dim i edrych mlan ato fe ond gwaith, gwaith a mwy o waith. Rodd Mer wedi bod mor swta ag y galle hi fod trwy'r wythnos, a gymaint o densiwn adre nes bod fy nerfau i'n rhacs. Wrth edrych ar y llyfre rodd fy meddwl fel sgwarnog, yn rhedeg i bobman. Cyn i fi ddechre ar waith daeth Bib-bip ar y ffôn.

T DOD DRAW?

Mer, mor ddiflas â finne, siŵr o fod.

NA, DDIM YN CAL

Bib-bip.

GWED BO TN DOD DRAW I WEITHO

PAM?

RHAID RHAID ITI DDOD

Rodd hi'n ailadrodd rhaid a finne'n teimlo bod trwbwl ar fin dechre. Rodd Mam yn llenwi rhyw ffurflenni, Mam-gu yn yr ardd a Gareth yn y bàth.

"Alla i fynd draw at Mer?"

"I beth?"

"I weitho."

"Wyt ti'n ffaelu gweitho fan hyn, te?"

Teimlo fy hun yn mynd yn goch i gyd. "Dwi'n styc ar y daearyddiaeth. Ma Mer llawer yn well na fi yn hwnnw."

"Paid â bod yn hir, te."

Dodd hi heb hyd yn oed godi'i phen ers i fi ddod mewn i'r gegin. Wrth gerdded draw at fferm Mer, rodd 'na filoedd o bethe'n mynd trwy mhen i. Rhesyme am daerineb Mer a'r celwydd ron i newydd ei ddweud. Creisis 'ddim yn gwbod beth i wisgo' i barti Rhodri oedd e, siŵr o fod. Ond fyddwn i ddim yn cael mynd beth bynnag. Falle bod Mer yn methu penderfynu pa liw i beintio'i hewinedd neu rywbeth. Trois y gornel ar bwys y fferm... a cherddedd yn syth i mewn i Mer.

"Beth uffach ti'n neud fan hyn? Ron i ar y ffordd draw."

"Dwi'n gwbod. Meddwl ron i ein bod ni'n haeddu brêc fach."

"Beth?"

"Wâc fach i'r dre, ontefe. Wedes i wrth Mam mod i'n mynd draw i dy dŷ di i weithio. Brêns, ti'n gweld."

"O, uffach! Beth os gwelith rhywun ni? Laddith Mam fi, yn enwedig o gofio'i hwylie hi'n ddiweddar."

"Duw, duw! *Chill out*, achan."

Dechreuon ni gerdded i gyfeiriad safle'r bws. Sylwes yn sydyn ei bod hi'n edrych yn smart iawn a ninne ond yn mynd i'r dre am wâc.

"Be sy mlan, Mer? Pam ti'n moyn mynd i'r dre?"

"Dim. Dim ond isie gweld pwy welwn ni."

"Be sy mlan da ti? Gwed wrtha i, ne sa i'n mynd un cam ymhellach." Sefes yn stond.

"O dere, sdim byd yn bod." Cydiodd yn 'y mraich a nhynnu mlaen i gerdded gyda hi. Plethodd ei braich o gwmpas f'un i.

"Rwyt ti'n cwrdd â'r boi 'na, on'd wyt ti? Yr un gwrddest ti â fe ar y wefan."

Aeth hi'n goch i gyd.

"Sa i'n dod. Anghofia fe," meddwn i gan dynnu fy mraich yn ôl.

"O cym on, Cats. Sa i'n mynd i gwrdd â fe. Sa i'n mynd i siarad ag e o gwbwl. Jest moyn gweld shwt foi yw e, 'na i gyd. Edrych arno fe o bell."

"Beth uffach wyt ti'n siarad ambwytu, gwed?"

"Wel, wedes i wrtho y cwrdden ni tu fas i Caffi Morgan. 'Na i gyd. Meddwl ron y gallen ni fynd i bipo arno fe o bell, jest i gal gweld pwy yw e."

"Beth? Dwyt ti ddim yn gall!"

"Dw i'n addo peidio mynd i gwrdd â fe. Dere, sdim awydd arnot ti weld shwt foi yw e?"

Rodd 'na ryw gynnwrf yndda i erbyn hyn, ond gwnes yn siŵr mod i'n cuddio hynny oddi wrthi.

"Dim ond edrych ar y boi?"

"Ie, addo. 'Bach o laff, be ti'n weud?"

"Beth os cewn ni'n dal?"

"Gymera i'r bai. Plîs paid â gadel i fi fynd ar 'y mhen 'yn hunan."

Rodd yn gas gen i ei bod hi wedi fy rhoi yn y fath sefyllfa ond, o ystyried, rodd hi'n saffach i fi fynd gyda hi na gadael iddi hi fynd ar ei phen ei hun. Dyma ni'n ailgychwyn cerdded am y bws.

Rodd hi'n ddiwrnod braf a'r haul yn tywynnu trwy'r cloddie wrth i ni yrru heibio. Rodd Mer yn parablu a pharablu a'r cwmpo mas ar y ffôn wedi ei hen anghofio. Un peth oedd yn dda am Mer, rodd cof fel pysgodyn aur da hi, a bydde unrhyw anghytuno'n cael ei anghofio'n reit handi. Am ddeuddeg odd y cyfarfod mawr i fod i ddigwydd. Rodd y ddau i fod cael drinc yng Nghaffi Morgan cyn mynd i wylio ffilm yn rhywle. Rodd 'na sinema fach ar gyrion y dre a oedd yn dangos ffilmie tua chwe mis ar ôl iddyn nhw gael eu dangos yn y trefi mawr. Daethon ni oddi ar y bws un safle'n gynnar a cherdded tuag at ganol y dre. Rodd hi'n hanner awr wedi un ar ddeg. Penderfynon ni eistedd ar y fainc o dan y moniwment rhyfel gyferbyn â'r caffi ac aros.

"Ti'n siŵr na fydd e ddim yn dy nabod ti?"

"Odw."

"Sa i'n moyn eistedd fan hyn ac ynte'n dod draw ar ôl dy nabod ti, 'na i gyd."

Bydde hi'n anodd peidio gweld Mer. Rodd hi'n dal

ofnadwy a chanddi fop o wallt coch cyrliog. Rodd hi'n edrych yn ddeunaw o leia. Ron i'n teimlo fel tasen ni'n dwy'n aros tu allan i neuadd arholiade. Am bum munud i ddeuddeg dyma ni'n dwy yn sganio'r stryd a phwy welon ni ond Mam-gu a Gareth yn cerdded lawr y stryd i gyfeiriad y caffi.

"*Shit*," medde Mer gan neidio y tu ôl i fi. Doedd dim llawer o bwynt iddi neud, chwaith, gan mod i o leia droedfedd yn fyrrach na hi.

"Beth nawn ni nawr?" gofynnes mewn llais sgrechlyd.

"Pam uffach na wedest ti eu bod nhw'n dod i'r dre heddi?"

"Wedon nhw ddim gair wrtha i, dw i'n addo. O Iesu, ma Mam yn mynd i'n lladd i."

Rodd Mam-gu'n gwisgo siwt nefi ac yn edrych yn smart iawn. Rodd hi wedi cal gneud ei gwallt hefyd. Fyddai hi byth yn dod i mewn i'r dre fel arfer. Dodd yr holl beth ddim yn gwneud synnwyr. Gwylion ni nhw am eiliad cyn ei heglu ddi lan y stryd fel dwy o rai dwl bost.

"Sa i'n credu eu bod nhw wedi'n gweld ni. Paid becs," chwythodd Mer allan o wynt.

"Ron i'n gwbod bydde rhywbeth fel hyn yn digwydd. Sa i'n gwbod pam dw i'n gadel i ti'n nhwyllo i wneud y pethe ynfyd ma."

"Paid â meio i, y gwcw. Dim 'y mai i yw e bod ti'n

rhy dwp i ofyn beth odd pawb yn neud gatre cyn dod mas. Se brêns yn siocled fydde dim digon da ti i lenwi M&M. A pheth arall, fydda i byth yn gwbod nawr a oedd e'n bishyn neu beidio. Falle mod i wedi colli'r *love of my life* o achos ti."

Ar y ffordd adre ron i'n ceisio dyfalu pam odd Mam-gu wedi gwisgo mor smart a pham odd Gareth wedi'i hebrwng hi i'r dre. Pwdodd Mer yr HOLL ffordd adre.

Pennod 8

Rodd Mam-gu'n cerdded o gwmpas yn mwmian canu ac rodd 'na wy wedi'i ferwi yn aros amdana i ar y ford frecwast a gwên anferth wedi'i pheintio arno.

"Dere mlan te, lodes, byta di. Dw i wedi cael gair da dy fam, a rhyngddo ti a fi a Wil Ty'n Domen, dw i'n credu bod siawns go dda y byddi di'n mynd i barti Rhodri nos Wener."

"Diolch, Mam-gu." Ron i'n fwy balch nag y gallen i ddangos oherwydd mod i ddim hyd yn oed wedi mentro gweud wrth neb yn yr ysgol nad on i'n cal mynd. Yr embaras!

"Ar ben hynny, bydd isie rhwbeth arnat ti i'w wisgo."

Rhoddodd hi fwndel bach o arian ar y ford o mlan i.

"Be chi'n neud?"

"Wel, sdim eisie edrych yn shabi o's e? Pryna rywbeth bach neis i'w wisgo. Eith Gareth â ti i'r dre heno ma. Dwi wedi gweud wrtho fe. Ma'r siope ar agor yn hwyr ar nos Fercher."

"Allith Mer ddod?"

"Wrth gwrs 'ny. Nawr cer."

Rodd Gareth yn aros amdana i yn y car. Fe odd yn mynd â ni i'r ysgol. Rodd gwên anferth ar ei wyneb.

"Pam ti'n edrych mor hapus?"

"Dim rheswm," medde fe'n swta. Ron i bron â marw eisie gofyn iddo beth oedd e a Mam-gu yn neud yn y dre ddydd Sadwrn, ond bydde rhaid i fi gyfadde wedyn mod i wedi bod yno hefyd.

"Joiest ti yn y dre ddydd Sadwrn?"

Neidiodd 'y nghalon i. "Be?"

"Joiest ti yn y dre ddydd Sadwrn?"

"Don i ddim 'na."

"Cym on, Cats. Weles i ti a Mer yn rhedeg i ffwrdd. Wyt ti jest yn lwcus bod llyged a chlustie Mam-gu mor wael, 'na i gyd."

"O!"

"Wel, dwyt ti ddim yn teimlo'n euog, te? Mam-gu'n rhoi arian i ti ac yn gofyn i fi i fynd â ti i'r dre heno achos bod ti wedi bod yn groten dda, wedi gweitho'n galed ac aros gatre a phethe."

"Ca dy ben, wnei di? Beth och chi'n neud 'no eniwe? Odd Mam yn gwbod bo chi 'no?"

"Meindia di dy fusnes, wnei di?

"Wel, ca di dy ben 'fyd te."

Erbyn i Gareth ein codi ni wrth giât yr ysgol i fynd i siopa y pnawn hwnnw, rodd e wedi anghofio'n llwyr am y peth. Rodd Mer yn ecseited bost a finne'n edrych mlaen at dretio fy hun. Ar ôl rhyw awr a hanner, a Gareth wedi cael llond bol ac yn dechre mynd yn ddiamynedd, ron i wedi gorffen. Wrth i ni gerdded allan o'r siop ola, dyma'r larwm yn canu'n uchel. Dyma Mer yn gollwng ei bagie ac yn wafio'i dwylo yn yr awyr gan weiddi, "Dim fi oedd e! Wnes i ddim dwgyd dim byd. Dim fi odd e – allwch chi'n tsecio i."

Daeth y ferch ata i ac esbonio mai testio'r system ron nhw. Rodd Gareth ar y llawr yn lladd ei hunan yn chwerthin.

Erbyn nos Wener, rodd Mer mor ecseited ac wedi anghofio hyd yn oed am foi y wefan. Rodd hi ar ôl Rhods unwaith 'to, ron i bron yn siŵr. Ar y ffordd i'r clwb pêl-droed lle rodd y parti, aethon ni heibio'r capel. Rodd 'na sticer hir, coch – 'GWERTHWYD' – wedi'i osod ar draws yr arwydd. Wedodd neb ddim byd.

Rodd y parti'n pacd yn barod, a'r gerddoriaeth yn ddeche am chênj.

"Shwmai! Shwmai!" Rodd Rhods yn edrych yn go sigledig yn barod ac rodd rhai o'r bois yn bygwrth rhoi peint o *top shelf* iddo fe.

"Hei Mer, ti'n edrych yn gorjys."

Cochodd Mer. Rodd hi wrth ei bodd. Gadewes i nhw a mynd at y bar i gael drinc. Rodd Huw yno. Ceisies ei anwybyddu, ond rodd e fel piffgwnen – po fwya ron i'n ceisio cael gwared arno, y mwya rodd e'n fy mhoeni i.

"Shwt wyt ti, secsi?"

"Smai, Huw."

"Ie, be sy mlan de? Pen-blwydd lyfer boi?"

Dodd dim cliw da fi pam odd Rhods wedi ffwdanu ei wahodd, yn enwedig ar ôl y parti diwetha. Ond 'na i gyd nath Rhods oedd mwmial rhywbeth am orfod gneud, oherwydd ei fod wedi gwahodd yr holl dîm pêl-droed.

"Dyw e ddim yn lyfer boi i fi, Huw."

"Falle nad yw e. Yn bersonol, odd e lawr fel pwff da fi, cyn i fi glywed e'n siarad ginne fach."

Rodd gen i deimlad ei fod e'n arwain at ryw gelwydd, ond rodd rhaid i fi holi.

"Be ti'n feddwl?"

"Wel, gweud bod Mer yn mynd 'i chal hi heno. Despret, on'd yw hi? Wedodd e man a man iddo fe gymryd beth oedd ar blât iddo fe. Sa i'n 'i feio fe am 'na, cofia."

"Ca dy blydi pen, wnei di."

"Sdim isie bod fel 'na, o's e. Falle licet ti gal drinc

da fi gan fod da ti ddim diddordeb yn Rhods."

"Dim diolch."

"'Na fe te, os ti'n moyn hongian rownd da *wasters*, caria di mlan."

Rodd y bar-mêd wedi rhoi fy nrinc ar y bar. Cydies ynddo a'i arllwys e lawr blaen trowser Huw. Rodd e'n edrych fel tase fe wedi gwlychu'i hunan.

"Y bitsh!"

"Wps!"

Rodd nifer yn chwerthin, a cherddes nôl at Mer a Rhods. Pan gyrhaeddes i nhw sefes yn stond. Rodd y ddau'n sownd wrth ei gilydd yn snogian fel se dim fory i'w gal. Teimles fy moche i'n cochi. Ron i eisie chwydu. Es i eistedd gyda rhai o ferched tîm hoci'r ysgol, gan geisio peidio ag edrych ar Rhods a Mer. Sylweddoles mod i'n chwerthin braidd yn rhy uchel ar rai o jôcs y merched.

Bib-bip.

FFONIA ADRE – GARETH

Es allan i'r cyntedd lle rodd hi ychydig bach yn dawelach, gan wenu'n wan wrth fynd heibio i Mer a Rhods.

"Haia, Gareth. Fi sy ma. Be ti'n moyn?"

"Ma Mam-gu wedi cal pwl, Cats. Ma hi ar i ffordd i'r sbyty. Buodd yr ambiwlans yn hir ofnadw yn ffindio'r lle ma. Ryn ni'n mynd lan nawr ar ei hôl hi. Dere adre os galli di a ffoniwn ni ti nes mlan."

Rodd yr oerfel mwya uffernol yn treiddio trwydda i.

"Cats?"

"Ie, ie, iawn. Ga i dacsi."

"Dw i'n mynd â Mam lan nawr."

"Ocê."

Meddylies am fynd nôl at Mer a Rhods, ond rhywfodd dodd dim pwynt. Ffonies am dacsi, ac wedi cyrraedd gartre, tynnais y dillad dwl newydd a'r mêc-yp. Arhoses wrth y ffôn.

Pennod 9

Dihuno'n chwys. Edryches ar y cloc. 03:07 mewn ffigyre gwyrdd. Rodd gole'r lleuad yn gwneud siape ar y nenfwd. Sŵn car a dryse'n agor a chau. Clywes Mam a Gareth lawr stâr yn siarad yn dawel. Clywed sŵn clap y stof yn cael ei chodi a rhywun yn rhoi'r tegyl i ferwi. Sŵn traed yn dod lan y stâr yn tap-tapian ar y leino. Dwylo'n llusgo ar hyd y welydd wrth ddod o hyd i swits y gole. Y drws yn agor.

"Catrin?"

"Ie?"

"O, ti ar ddihun, cariad?"

Dath hi i mewn a chusanu mhen i. Eisteddodd ar y gwely a rhoi dau fygied o de ar y bwrdd bach. Trodd y lamp mlaen.

"Shwt ma hi?"

"Yn wan, cariad."

"Beth sy'n bod arni hi?"

"Maen nhw'n meddwl mai rhywbeth i neud â'i chalon yw e. Nath hi jest cwmpo ar y llawr. Ron i'n ffaelu'i dihuno hi am sbel. Cnociodd i phen hefyd ar y bwrdd wrth gwmpo."

"Ond bydd hi'n iawn?"

"Bydd, gobeithio. Bydd yr orie nesa ma'n bwysig, 'na i gyd."

Sylweddoles mod i'n llefen.

Cydiodd Mam yno i. "Rwyt ti wedi cael sioc. Ma fe wedi bod yn sioc i ni i gyd. Ma hi mor iach fel arfer, ac ma'n hawdd anghofio pa mor hen yw hi."

Dodd Mam ddim wedi siarad fel hyn â fi ers blynydde.

"Bydd hi'n iawn 'to, cariad. Ma hi'n hen beth tyff. Dw i'n gwbod i bod hi wedi bod yn anodd yn ddiweddar gyda'r ffarm a phethe." Rodd ei dagre'n llifo, a finne'n ceisio ngore i beidio â llefen fel babi. "Dw i ddim yn berffeth, ti'n gweld."

Gwenes i.

"A fi wedi ffindio 'ny mas ers i dy dad adel. Dere, symuda draw."

Symudes i ochr arall y gwely a thynnodd hi ei sgidie a gorwedd yn y gwely gyda fi fel y bydde hi'n neud pan on i'n groten fach.

"Be sy'n dy boeni di, te? Ma rhywbeth heblaw Mam-gu ar dy feddwl di, yn does e?"

"Sa i'n gwbod."

"Dere, gwed wrtha i."

"Sa i'n gwbod. Jest teimlo bod pawb arall ddeg cam o mlan i drwy'r amser."

"Be ti'n feddwl?"

"Fel sen i ddim yn gweld be sy o flaen 'y nhrwyn i ambell waith."

"Ryden ni i gyd yn teimlo fel 'na nawr ac yn y man. O's rhywbeth wedi digwydd?"

"Na, dim byd."

Siaradon ni am ryw awr am hyn a'r llall a sut oedd Mam yn mynd i gal y ffarm i wneud elw, unwaith bydde prisie pethe'n gwella yn y farchnad. Rodd hi'n glawio cusan ar ôl cusan ar 'y ngwallt i wrth iddi siarad. Es i gysgu yn sŵn ei llais hi'n sibrwd, "Dere di, cariad bach, dewn ni trwyddo hyn 'to."

Rywle yn fy mreuddwydion clywes hi'n gadael y stafell a'r drws yn cau.

Pennod 10

Eisteddes wrth y ford frecwast heb fwyta dim. Rodd Gareth yn ceisio cnoi darn o dost heb lawer o egni. Rodd e'n hwyr yn dod i mewn i'r tŷ oherwydd fe fuodd e'n godro ar ei ben ei hunan bore ma. Rodd Mam yn ffonio'r sbyty.

"*Yes, Carys Ward, Mrs Nancy Elizabeth Owens... yes... all right... good... I see... excellent... we'll see you later.*"

Edrychodd Gareth arni. "Shwt ma hi?" gofynnodd.

"Wel, nath hi gysgu drwy'r nos a ma'i chalon hi wedi setlo. Maen nhw'n meddwl falle bydd angen rhoi *pacemaker* iddi, ond ar hyn o bryd ma pethe'n edrych yn dda. Ma'n debyg y deith hi trwyddi'n iawn."

Rodd y geirie wedi llacio'r nerfe ac, yn sydyn, rodd whant bwyd arna i. Agorodd drws y gegin a cherddodd Mer i mewn yn wên i gyd ac yn cario papur a phensilie.

"Haia. Fi sy ma. Be sy mlan, de? Ody Mam-gu ma i fi gal neud rhai sgetsys ar gyfer yr arholiade?"

Rodd Mam wedi mynd lan llofft, diolch byth.

"Na, dyw hi ddim ma," atebes, gan wthio bara i mewn i'r tostiwr.

"Stedda, Mer. Wyt ti'n moyn paned?" gofynnodd Gareth.

"Ble ma hi te?" holodd gan eistedd "A ble est ti neithwr? Bues i'n chwilio amdanat ti am ache."

"Ma hi'n y sbyty. Des i adre neithwr i ddisgwyl newyddion."

"O na! Be sy'n bod arni hi?" Rodd sioc go iawn ar wyneb Mer.

"Rhywbeth ar ei chalon."

"Bydd hi'n iawn, on' bydd hi?"

"Bydd, gobeithio."

Am unwaith, dodd gan Mer ddim byd i'w weud. Arllwysodd laeth o'r jwg i'w mwg. Aeth Gareth mas. Rodd e'n uffernol mewn sefyllfaoedd fel hyn. Cadw'n brysur odd ei ateb e ac fe glywes i fe'n dechre'r tractor a mynd ati i lanhau'r iard.

"Sori Cats, don i'm yn gwbod."

"Na, rot ti'n rhy brysur." Ron i'n gwbod mod i'n annheg, ond am unwaith dodd dim ots da fi. "Shwt odd Rhods, de?"

"O, iawn. Dw i'n ei weld e nes mlan."

"Mmmmmm."

"Sdim ots da ti, o's e?"

"Nag oes, pam bydde fe?"

"Wel, dim rheswm."

Doedd dim ots da fi nawr, ond rodd popeth fel sen nhw wedi newid.

"Sa i'n gwbod beth ddigwyddith eniwe, achos ma fe'n mynd bant ar ôl yr haf."

"Ody."

"Drycha, o's llun o Mam-gu i gal da ti?"

"O's, pam?"

"Alla i fenthyg un neu ddau da ti?"

"Ie, iawn."

Rodd hi'n amlwg mai blaenoriaeth Mer oedd hi ei hunan. Rodd y ffaith bod Mam-gu yn yr ysbyty yn effeithio ar ei phroject hi. Dodd dim egni da fi i gwmpo mas da hi. Estynnes y llunie oddi ar y seidbord a'r dagre'n dechre gwlitho'n llyged. Syches nhw wrth roi'r llunie iddi.

"Eniwe, gwell i fi fynd adre, i neud tamed bach o waith."

"Ie."

"Pryd ti'n meddwl geith hi ddod adre, te?"

"Dim syniad. Cwpwl o ddiwrnode, siŵr o fod. Falle bydd rhaid iddi fynd nôl wedyn pan fydd gwely ar gal iddi gal llawdrinieth."

"Ar ôl yr arholiade ne cyn 'ny?"

"Pam 'ny?"

"Wel, meddwl amdanat ti, 'na i gyd." Rodd awydd rhyfedda arna i ddweud 'dyna chênj, te', ond fe bwylles i mewn pryd.

"Reit. Wela i ti yn yr ysgol, te. Cofia fi at Mam-gu."

"Ocê."

Ar ôl cinio dyma ni'n mynd i'w gweld hi yn y sbyty. Rodd hi'n gwisgo rhyw ŵn nos wen, ac rodd 'na beiriant wrth ei hochor yn cyfri curiade'i chalon. Agorodd ei llyged.

"Wel helô! Beth rych chi i gyd yn neud fan hyn, te?"

"Helô, Mam-gu. Tsecio ych chi'n bihafio ma, 'na i gyd."

Rodd Mam yn ffysan ar bwys y gwely, a Gareth yn edrych yn hollol allan o'i le.

"Peidwch â becso, gewch chi ddim o ngwared i 'to, er mod i bron yn wyth deg cofiwch chi."

Gwenes gan feddwl pam mai dim ond hen bobl a phlant oedd yn hoffi gweud eu hoedran wrthoch chi.

"Wna i ddim byw am byth, chi'n gweld. Ma *expiry date* i gal da ni i gyd, a dw i ddim yn *spring chicken* rhagor. Mwy o hen froiler, a gweud y gwir."

Rodd Gareth yn chwerthin a finne'n gwenu wrth eistedd ar ymyl y gwely. Aeth Mam i siarad da un o'r nyrsys tra bod Gareth yn esgus darllen rhyw gylchgrawn fel bod dim rhaid iddo fe ddweud dim. Sibrydes yng nghlust Mam-gu.

"Chi'n iawn, te?"

"Sa i'n credu y rhoda i'n enw i lawr gogyfer â Ras y Dyffryn leni, ond falle â i nôl i ymarfer gogyfer â'r flwyddyn nesa." Rodd hi'n edrych yn fach ofnadw ar y gwely, ac mor ysgafn â phluen.

"Beth wede Ifan druan se fe'n gweld fi fan hyn, gwed? Bydde fe'n meddwl bod seiens da fi, siŵr o fod."

"Na fydde ddim!"

"Cofia di neud dy waith ysgol, nawr. Dwi ddim isie i ti esgeuluso pethe yn yr ysgol o'n hachos i. Ma isie i ti neud yn dda er mwyn i ti gal mynd i'r coleg. Ches i eriod mo'r cyfle, ti'n gweld."

Rodd fy arholiad cynta i mewn wythnos ac rodd meddwl am y peth yn codi cyfog arna i.

"Wel, falle cewn ni wylie bach yn ystod yr haf, Mam-gu. Mynd i Sir Benfro neu rywbeth. Beth amdani?"

"Bydde 'na'n neis, on' bydde fe? Byta fish a chips a hufen iâ. Rodd Ifan yn hoff iawn o fynd i Tenby, ti'n gwbod."

Rodd hi'n blino. Erbyn i Mam ddod nôl, rodd hi'n cysgu'n braf ond yn dal i sibrwd wrth i hunan, "Na, dw i ddim yn *spring chicken* rhagor, ond yn ddigon ffit sach 'ny."

Pennod 11

"Catrin!"

"Ie?"

"Ma Rhods ma."

Rhedes lawr y stâr. Rodd Rhods wedi addo rhoi lifft i fi i'r ysgol heddi. Rodd da fe arholiad ac rodd e wedi cychwyn yn gynnar rhag ofn i ni gael teiar fflat neu rywbeth fel 'na.

"Haia, bêb! Ti'n iawn, bach?"

"Ti'n gynnar."

"Odw, sa i isie bod yn hwyr."

"Pa arholiad sydd da ti heddi te, Rhods?" gofynnodd Mam.

"Drama, ymarferol."

"Pons," ychwanegodd Gareth wrth y ford.

"Ca dy lap, Gareth," meddwn inne wrth redeg mas trwy'r drws.

"Mam-gu'n well?" holodd Rhods wrth iddo danio'r injan.

"Ody. Dod adre heno i fod."

"Da iawn, ma hi'n seren."

"Ma hi bron â marw isie dod adre. Bob tro dw i'n mynd i'w gweld hi ma hi'n gofyn i fi roi dŵr i'r planhigion. Ma hi'n bendant bod Gareth yn gadel y lloi bach i mewn i'r ardd, a ma hi isie mynd i weld bedd Dat-cu. Sa i'n gwbod shwt dw i'n mynd i weud wrthi bod y capel wedi'i werthu."

"Ody e? I bwy, te?"

"Dim syniad."

"Paid â gweud wrthi nes y bydd hi'n gryfach."

"Dyna'r syniad, dw i'n credu."

Ron i wedi bod yn ystyried holi Rhods beth oedd Huw wedi'i weud wrtho am Mer yn y parti, ond nes i ddim. Yn lle 'ny, gofynnais, "Shwt ma pethe da Mer, te?"

"Grêt," medde fe gan newid gêr. "Dwi wastad wedi'i lico hi, ond bob tro ron i'n ei gweld hi bydde hi'n rhedeg bant neu'n llwyddo i gal rhyw foi i nghledro i ne rywbeth. Ron i'n meddwl bod hi'n nyts, ond ma hi'n cŵl. Unig beth yw, dwi'n mynd i ffwrdd ar ôl yr haf. Ond 'na fe, rhaid i rywun gal 'bach o sbort cyn mynd, on'd o's e?"

Dim ond adolygu wnaethon ni drwy'r dydd. Dyna i gyd odd ysgol erbyn hyn, orie ac orie o ail-neud yr un hen bethe. Ron i'n teimlo weithie bod botwm fy remôt contrôl yn styc ar *rewind*. Amser cino cwrddes i â Mer tu allan i'r bloc celf. Rodd hi wedi bod mewn arholiad drwy'r bore. Arhoses amdani a dath hi mas yn edrych yn flinedig dros ben. Am unwaith, rodd hi'n dawel.

"Be sy'n bod?"

"Y fflipin Huw 'na."

"Beth ma fe wedi'i weud nawr 'to?"

"Pethe am Rhods."

"O god, paid â gwrando ar y mwnci 'na. Jest jelys ma fe."

"Sa i'n gwbod."

"Beth wedodd e, te?"

"Gweud bod Rhodri jest yn mynd da fi achos mod i'n despret a phethe."

Rodd hi'n agos at ddagre.

"Paid â gwrando arno fe. Fydde Rhods ddim yn gweud pethe fel 'na amdanat ti."

"Wel, dw i wedi bod ar ei ôl e ers ache. Pam dewis nos Wener i ddod ar 'yn ôl i?"

"Sa i'n gwbod."

Meddylies i am beth ddywedodd Huw wrth y bar, a hefyd am eiriau Rhods, 'Rhaid i bawb gal 'bach o sbort on'd o's e?'

"Ydy e'n werth yr holl hasl, Cats?"

Ceisies newid y pwnc cyn iddi fynd â'i phen yn ei phlu.

"Hei, beth am y boi na ar y we? Wyt ti wedi ffindio mas pwy yw e 'to?

"Wel, boi lleol yw e. Wedes i mod i wedi methu cwrdd â fe achos fe golles i'r bws. Drwg, ontefe? Ma fe'n nabod rhai o'r un bobl â fi o'r dre. Dw i'n siŵr bod e'n rhywun dw i'n nabod neu o leia yn gwbod amdano fe."

"Pam se ti'n gofyn iddo fe pwy yw e?"

"Ma fe'n pallu gweud os nad ydw i'n gweud."

"O, wel, 'na hi te."

"Mmm, os na alla i feddwl am rywbeth."

"Jest gad fi mas ohoni, ocê?"

"Olreit, olreit, paid colli dy bants!"

Pennod 12

"Beth uffach oedd yn mynd trwy'i phen hi? Dw i'n ffaelu credu bod ti Gareth yn gwbod y cwbwl a heb weud dim. Rodd e'n filoedd, achan. Dyw hi ddim mewn sefyllfa i neud penderfyniade fel 'na ar ei phen ei hunan."

"Ma Mam-gu'n gwbod yn gwmws beth ma hi'n neud, Mam."

Pan gerddes i mewn i'r gegin, rodd Mam a Gareth yng nghanol y trydydd rhyfel byd.

"Be sy'n bod?" gofynnes.

Aeth Mam at y stof i roi'r tegyl i ferwi. "Dy frawd fan hyn, y twpsyn, yn gwbod drwy'r amser bod Mam-gu 'di prynu'r capel 'na."

"Mam-gu sy wedi'i brynu fe?"

"Ie, fel se dim byd gwell da hi i neud â'i harian. Y ffarm yn cwmpo'n bishys o gwmpas ein clustie ni a hithe'n mynd a phrynu'r capel 'na."

"Ei harian hi yw e."

"Dwi'n gwbod 'ny ond, wel, beth neith hi â hen gapel fel 'na yn y diwedd? Ma hi'n rhy hen i neud tŷ mas ohono fe a'i werthu."

Eisteddes i feddwl am y peth.

"Mynd â hi o gwmpas i gwrdd â'r bobol ma a heb weud dim byd. Dyle fod cywilydd arnot ti, Gareth."

Ron i'n medru gweld pwynt Mam. Rodd popeth wedi bod mor anodd arni, y ffarm yn gwneud colled a Mam-gu'n prynu capel fydde'n ddim ond pentwr o gerrig cyn bo hir.

"Ble ma hi, te?"

"Lan llofft. Cer lan â'r te ma iddi hi, wnei di? Sa i'n moyn ei gweld hi y funud ma."

Rodd Mam-gu'n eistedd fel brenhines yn y gwely ac yn edrych cyn iached â chneuen.

"Helô, Mam-gu. Neis cal chi gatre."

"Dyw pawb ddim yn meddwl 'ny, odyn nhw?"

Gwenes i. Er ei bod hi'n hen, dodd hi ddim yn colli dim byd.

"Ma'ch clyw chi'n ddigon da pan ych chi isie clywed, on'd yw e?"

Gwenodd hithe'n ôl.

"Beth gododd yn ych pen chi, gwedwch? Lle gaethoch chi gyment o arian?"

"Wel, allen i byth â gadel i rywun-rhywun fyw fan'na, Catrin. Ddim ar bwys Ifan. Dwi'n nabod lot o bobol erill 'na hefyd, cofia."

"Ond rodd e'n siŵr o fod yn filoedd ar filoedd."

"Odd... rodd rhyw deulu wedi gwneud cynnig

felly buodd yn rhaid i fi gynnig rhagor wedyn."

"Ond lle gaethoch chi'r arian?"

"Wel, ma rhaid i rywun gadw rhywbeth wrth law ar gyfer sefyllfaoedd fel 'na. Paid â becso, bydd popeth yn iawn. Gad ti dy fam i fi."

Winciodd arna i. "Reit te, Miss Pws, cer i weithio. Ma da ti arholiad fory, nawr siapa hi."

Es nôl i'n stafell i weithio, ond cyn i mi ddechre gwneud dim crynodd y ffôn yn fy mhoced.

UDI BENNU DA RHODS

Tecstio'n ôl.

PAM?

Bib-bip.

POPETH & ARHOLIADE & BOI Y WE MA – ISIE FFINDIO PWY YW E

Ces i ryw fflach o deimlo'n hapus. Ron i wedi bod yn genfigennus ohonyn nhw ers y dechre ac wedi bod yn rhy falch i gyfadde hynny. Don i ddim yn ffansïo rhyw sgwrs hir gyda hi, felly rhoddes y ffôn i gadw. Meddylies sut odd Rhods yn teimlo, ond cofies wedyn taw ei eirie fe odd 'tipyn o sbort', a phenderfynes na fydde fe'n debygol o boeni rhyw lawer. Beth bynnag, rodd 'na wythnos a hanner o arholiade da fi i feddwl ambwytu nhw.

Fore drannoeth, methais fwyta dim i frecwast. Ron i wedi rhoi tri cloc larwm wrth ochr y gwely rhag ofn i'r un cynta beidio â neffro i. Rodd fy nillad i wrth y gwely yn barod a Mam wedi gwneud brecwast mawr i fi. Rodd Mam-gu wedi codi hefyd, ac yn eistedd ar bwys y tân yn gwenu ar Mam a honno'n ei hanwybyddu hi.

Eisteddes y tu allan i'r neuadd gan geisio peidio â gwrando ar bawb arall yn clebran. Rodd pawb yn nerfus a Mer yn siarad ffwl-pelt fel arfer.

"Dwi wedi cal syniad."

"Beth?"

"Wel, dwi wedi neud rhywbeth, a gweud y gwir, felly ma hi'n rhy hwyr protestio."

"Beth ti'n siarad ambwytu?"

"Y boi ma ar y we, achan."

"O god, ca hi, nei di. Ife 'na'r unig beth galli di feddwl amdano, a ninne ar fin mynd mewn i arholiad alle newid ein holl fywyde ni?"

"O, paid â bod mor ddramatig!"

"Fi'n ddramatig?!!"

"Ie! Dw i wedi gweud wrtho fe ar y we taw ti ydw i."

"BETH?"

"Meddwl ron i y gallwn i weld a odw i'n ei ffansïo fe cyn penderfynu a ydw i isie mynd mas da fe."

"O ffan-fflipin-tastic, Mer. Diolch yn fawr i ti, y bitsh."

"Paid â becso, wedwn ni mai mistêc yw'r cyfan os

yw e'n minger."

Rodd dryse'r neuadd wedi agor a dim rhagor o amser i feddwl am ddim byd ond berfe Ffrangeg. Gwthies yr holl beth i gefn fy meddwl, tynnu anadl hir ac eistedd cyn belled ag y medrwn i oddi wrth Mer.

Pennod 13

Ron i wedi dweud wrth Gareth am beidio â dod i fy nôl i oddi ar y bws, ar ôl yr arholiad. Ron i'n edrych mlan at gerdded adre er mwyn clirio mhen. Llwyddes i golli Mer ar y ffordd allan o'r arholiad, ac rodd ei mam wedi'i chodi hi wrth giât yr ysgol. Wedi troi'r cornel tuag at y capel gweles olygfa a wnaeth i fi golli ngwynt. Rodd 'na beiriant anferth wedi dymchwel y capel yn gyfan gwbwl. Dodd dim carreg yn sefyll, dim ond twmpathe o gerrig, a rheiny'n cael eu llwytho i mewn i dreilars ar bwys y giât. Rhedes yr holl ffordd adre. Rodd Gareth wrthi'n godro. Rhedes i mewn i'r tŷ. Rodd Mam yn sefyll wrth y stof.

"Mam, Mam! Maen nhw wedi dymchwel y capel! Wedi'i dynnu fe i lawr, pob carreg ohono fe!"

"Fe glywes i."

"Ond Mam, dos 'na ddim byd ar ôl. Dim un garreg! Eith Mam-gu'n benwan."

"Hi ofynnodd iddyn nhw neud."

"Beth?!"

"Fe gethon ni sgwrs fach fan hyn bore ma. Weden

i y bydde'n well i ti fynd lan llofft i siarad â hi, ond cyn
'ny dw i'n moyn gair da ti am rywbeth arall."

Eisteddes wrth y tân tra bod Mam yn paratoi dau
fygied o de.

"Shwt ath pethe heddi?" gofynnodd.

"O, olreit. Fe gewn ni weld."

"Da merch i."

"Be sy'n bod, Mam? Rhywbeth am y busnes Mam-
gu ma?"

"Na, rhywbeth ddwedodd Gareth wrtha i, a ma
rhaid i fi weud, dw i'n benwan."

O na! Rodd y diawl bach wedi gweud wrthi am y
trip i'r dre gyda Mer.

"Sori, Mam don i ddim wedi bwriadu mynd 'na.
Dw i mor sori. Nath Mer weud bod hi'n mynd a… "

"Beth… ?"

"Mer oedd isie mynd a… "

"Sa i'n gwbod am be wyt ti'n siarad… Ma hwn i
neud â'r cyfrifiadur."

"Beth?"

"Pan gethon ni'r cyfrifiadur, rodd 'na reole, on'd
odd e?"

"Odd."

"Ac un ohonyn nhw oedd i beidio â mynd ar y
gwefanne siarad 'na."

"Ie."

"Wedes i dro ar ôl tro nad on nhw'n saff, ac ma

Gareth wedi gweud wrtha i heddi 'i fod e'n becso amdanat ti." Tynnodd hi anadl hir. "Wedodd e 'i fod e wedi dy gyfarfod di mewn un ohonyn nhw, a bod y wefan i bobl lot hŷn na ti."

Yn sydyn, dechreues i chwerthin. Edrychodd Mam yn syn arna i.

"Sa i'n gweld be sy mor ddoniol, Catrin Mai. Dyw hyn ddim yn rhywbeth i chwerthin amdano."

Ond chwerthin wnes i, nes bod y dagre'n llifo dros fy wyneb i gyd a mola i'n dost. Yn sydyn rodd y cyfan yn gwneud synnwyr. Gareth yn y dre y diwrnod rodd Mer i fod i gyfarfod ag e. Rodd Mam-gu'n esgus da iddo fe gael mynd i'r dre heb i neb holi pam.

"Ond Mam, dim fi oedd hi! Dw i'n addo i chi. Mer oedd hi! Hi roddodd fy enw i lawr yn lle i henw hi rhag ofn na fydde hi'n ei ffansïo fe."

"Beth?"

"Hi sydd wedi bod ar y we gyda Gareth. Sut gallen i, beth bynnag? Sa i'n defnyddio'r cyfrifiaduron yn yr ysgol. Mer sydd wedi bod yn neud o adre."

Dechreuodd Mam chwerthin hefyd.

"Wel, myn uffach i! Rodd da Gareth gyment o gas. Wel 'na fe, i fai e am fod mor ddwl yn gwastraffu'i amser yn chware ar y cyfrifiadur 'na gyda'r nos. Reit! Dw i'n credu bydd rhaid i fi gael gair da mam Miss Mererid."

Fel fflach, ces i syniad.

"O na, Mam. Ma da fi lawer gwell syniad. Plîs paid â gweud dim wrthi, plîs."

"Ocê, iawn, gan dy fod ti wedi bod mor gall, fe wna i dy drystio di. Nawr cer i gael gair da Mam-gu."

Rodd Mam-gu wedi cael hoe bach a newydd orffen gwisgo.

"Shwt ath hi heddi te, lodes?"

"Ocê. Ma hi'n anodd gweud, on'd yw hi?"

"Gwna dy ore – 'na i gyd allwn ni ofyn, ontefe?" Aeth i eistedd wrth y ffenest. "Dw i wedi bod yn 'u gwylio nhw trwy'r bore."

O'i stafell wely rodd hi'n gallu gweld peiriant anferth yn gweithio lle buodd y capel. Dim ond cwmwl anferth o lwch odd ar ôl nawr.

"Pam naethoch chi 'na, Mam-gu?"

"Wel, erbyn heddi ma rhaid dinistrio pethe cyn gallu'u cadw nhw, t'weld."

"Sa i'n deall."

"Rodd yn rhaid i fi arbed y lle rhag cal 'i ddatblygu. Beth bynnag, rodd 'na ffenestri arbennig a llwythi o seddi crand yn y capel o hyd. Byddan nhw'n cael 'u gwerthu yn Llundain mewn ocsiwn. Ma 'na alw ofnadw amdanyn nhw ar hyn o bryd. Dw i'n gobeithio cewn ni dipyn bach amdanyn nhw – digon i gal rhywbeth at y parlwr godro newydd – a dw i'n moyn i ti neud addewid i fi."

"Unrhyw beth, Mam-gu."

"Dw i wedi siarad â'r cyfreithiwr. Ti fydd yn cal y cae 'na ar 'yn ôl i, a dw i'n moyn i ti neud yn siŵr na fydd dim byd yn cal 'i godi 'no, dim tra bod gen ti hawl dros y lle. Deall?"

"Odw."

"Addo?"

"Odw."

"Reit te, ma Lowri'n dod i neud 'y ngwallt i nes mlan. Gwell i fi ddangos chydig bach o ddŵr iddo fe. Tro cynta i fi gal 'i neud e ers dod mas o'r sbyty."

Ath hi mas drwy'r drws ac es inne'n syth at y cyfrifiadur a dechrau teipio neges o gyfrif e-bost Gareth.

"Hiya Catrin – Fi'n gwbod bod hi'n amser i fi weud pwy ydw i, ond ma da fi rywbeth i weud yn gynta. Fi wedi bod yn ffansïo Mer ers ache, a fi'n gwbod bod hi'n ffansïo fi, so dw i'n moyn gorffen y berthynas yma. Gobeithio bod dim ots da ti – Huw."

Pennod 14

"Iw-hw! Helô, o's rhywun gatre? CATRIN!" Llais Mer o waelod y stâr. Rodd hi'n ddechre Medi a finne wedi cael llonydd da hi dros yr ha a gweud y gwir achos swyddi rhan-amser a phrysurdeb teulu.

"Haia, dw i'n dod nawr." Rhedes i lawr i'r gegin. Rodd Mer yno yn goch i gyd yn edrych yn anghyfforddus ofnadwy. Rodd hi'n amlwg allan o wynt ac rodd 'na barsel sgwâr dan ei chesail. Eisteddodd wrth y ford.

"Ble ma pawb, te?"

"Mam-gu allan yn rhywle a Mam 'di mynd i'r dre i gal rhyw bethe newydd i'r parlwr godro."

"Ie?"

"Ie beth?"

"Lle ma Gareth, achan?"

"O, ambwytu'r lle ma yn rhywle."

"O god, dwi'n mynd i farw'n fflat ar y llawr os daw e miwn i'r tŷ."

"Nag wyt ddim, gad dy seiens."

"Dwi 'di blino'n blet eniwe. Wedi bennu pacio.

Ma'r cwbwl yn barod, dwi'n credu. Cymerodd hi ache i baratoi popeth."

"Pryd ma'r darlithoedd yn dechre, te?" gofynnes gan eistedd i lawr ar ei phwys.

"Fory. Dwi'n mynd i gofrestru yn y bore, a wedyn ma'r darlithoedd cynta yn y pnawn, ond bydda i adre glatsh ar gyfer Dolig. Allen i byth wynebu Lefel A fel ti. No wê!" ychwanegodd, gyda'i thact arferol.

"Wyt ti di clywed wrth Rhods, te?"

Daeth y cwestiwn braidd yn annisgwyl ac fe aeth rhyw gryndod trwy mola i.

"Na, dim 'to."

Oedes cyn gofyn: "Wyt ti, te?"

"Dim llawer. Dim ond tecst i weud 'i fod e'n setlo'n iawn."

Suddodd 'y nghalon i gam ymhellach. Roedd e wedi cysylltu â hi ond ddim da fi.

"Dwi'n mynd i weld dy isie di, t'mod," meddai hi wrth godi ar ei thraed a cherdded tuag atat i. Codes inne hefyd i gael cydio ynddi. Roedd popeth yn newid mor gyflym. "Er dy fod ti'n hen fitsh ambell waith. Dwi'n ffaelu credu dy fod ti wedi gadael i fi feddwl mor hir, bod Huw yn ffansïo fi! Buwch!"

"Wel, o't ti'n haeddu'r cyfan wrth roi'n enw i."

"Wel... "

Ar y gair, pwy ddaeth i mewn yn chwilio am rywbeth, ond Gareth. Pan welodd e Mer, sefodd yn stond, cochi ac ailddechrau chwilio yn fwy brwd na chynt.

"Am beth ti'n chwilio, Gareth?"

"Am… y… am… liain i sychu ffenest 'y nghar i."

"Yn y ffrij?!"

"O, o, o… Ta beth, ma gwaith da rhai ohonon ni i neud yn lle sefyll ambwytu'r lle yn clebran." Diflannodd gan adael drws y ffrij ar agor.

"Beth uffach sy'n bod arno fe, te?" holodd Mer gan geisio peidio â chwerthin.

"Wel, weden i ei fod e'n dy ffansïo di ac yn neud prat o'i hunan bob tro ti'n agos ato fe. Mae e'n atgoffa fi o rywun arall, a gweud y gwir!" Edryches arni a gwenu. "Fe anfona i ei rif o mewn tecst iti, os wyt ti am."

"O 'na fe te," atebodd hithe gan geisio edrych yn cŵl am y peth. "Eniwe, ma rhaid i fi fynd. Ma Mam yn disgwyl amdana i. Bydd hi'n siŵr o fod yn mynd yn boncyrs erbyn hyn."

"Tecstia fi pan fyddi di wedi cyrraedd, te."

"Ocê."

"A phob lwc."

"Ocê bêb."

Gwasgon ni'n dwy ein gilydd am sbelen cyn iddi osod y parsel brown sgwâr ar y ford.

"'Co rywbeth bach i'ch atgoffa chi ohona i," meddai, cyn rhedeg allan drwy'r drws a'r gwallt coch cyrliog yn bownsio bob cam wrth iddi ddiflannu.

Cydies yn y parsel a thynnu'r papur brown oddi arno'n ara bach. Llun o Mam-gu yn yr ardd yn gwenu'n braf. Roedd y llun yn briliant. Ron i'n medru gweld sut gafodd Mer le ar y funud olaf yn y coleg celf. Wrth i fi sefyll yn rhyfeddu at y llun fe grynodd y ffôn yn y mhoced i.

IWN BOI? NIWS? MANGS YN IWN? – RHODS

Gwenes.

Ateb nôl:

IE IWN. MANGS 100% PRYD T ADRE NESA?

Bib-bip.

DOLIG – FFNSI NEUD RHBETH?

Ateb nôl:

FEL BE?

Bib-bip.

UNRHYWBETH – JEST T&V

Gwenu a chochi.

IE IWN BOI XX ;-)

pen
dafad

Bach y Nyth
Nia Jones 0 86243 700 8

Cawl Lloerig
Nia Royles (gol.) 0 86243 702 4

Ceri Grafu
Bethan Gwanas 0 86243 692 3

Gwerth y Byd
Mari Rhian Owen 0 86243 703 2

Iawn Boi? ;-)
Caryl Lewis 0 86243 699 0

Jibar
Bedwyr Rees 0 86243 691 5

Mewn Limbo
Gwyneth Glyn 0 86243 693 1

Noson Boring i Mewn
Alun Jones (gol.) 0 86243 701 6

Cyfres i'r arddegau
Ar gael o'r Lolfa: ylolfa@ylolfa.com neu o siop lyfrau leol

Am wybodaeth am holl gyhoeddiadau'r Lolfa,
mynnwch gopi o'n Catalog newydd, neu
hwyliwch i mewn i'n gwefan:
www.ylolfa.com

Talybont, Ceredigion SY24 5AP
e-bost ylolfa@ylolfa.com
gwefan www.ylolfa.com
ffôn +44 (0)1970 832 304
ffacs 832 782
isdn 832 813